老鷹爸爸
陳正治◎著　曹俊彥◎圖

【作者的話】陳正治

愛的故事

童話故事的展開，和刻畫人物性格感情的作品，常常與環境和人物的遭遇有密切關係。

本書的三篇童話、故事，不管寫的是動物或人，都是「愛的故事」。

〈老鷹爸爸〉寫的是嚴父的故事。目前的社會，常有賴在家裡不肯工作的「宅男」、「宅女」。這些人也就是大家所說的「啃老族」。遇到家有這樣的孩子，父母親要怎麼辦？我們人類對這種孩子的處理，有妥切的，有失敗的；作者藉由老鷹的家庭來探索這個問題。

小時候我家養過雞。我看到母雞對剛孵出來的小雞，呵護備至。當母雞發現可吃的食物後，馬上發出「咯咯咯」的叫聲，呼喚小雞來吃；甚至銜起食物送到小雞面前。等到小雞長成中雞，母雞發現食物後，中雞過來要啄食時，母雞不但不讓中雞吃，反而狠狠啄牠的頭，把牠趕走。母雞對自己的孩子有這樣矛盾的行為，是母雞訓練孩子要自食其力的方法。母雞這樣教育孩子，其他動物採用什麼方法呢？有一天，我在網路上看到一則老鷹毀巢的資訊，於是聯想到宅男、宅女的事，構思了〈老鷹爸爸〉這篇童話。我刻畫老鷹爸爸的堅毅性格，也表達老鷹爸爸愛孩子，為孩子做長遠打算的深摯感情。

每個孩子都是父母的寶。假使有一天，父母發現孩子出問題了，會怎麼做？〈糖果〉和〈為什麼還不回家〉這兩篇故事，是刻畫一個母親和一個父親慈愛的作為。

〈糖果〉這篇故事的由來是這樣的：有一次，我跟大作家潘人木老師聊起兒童文學的寫作。她說：「寫作一篇兒童文學作品，要選擇自己感動的事，寫出來才能感動別人。例如小時候我看過我家的小狗死了，母狗緊抱著小狗不放。你如果對這件事有所感動，寫出的作品才能感動他人。」

我聽了潘老師說的母狗緊抱小狗不放的事，深受感動，於是假設自己是那隻母狗，牠的頭腦會想什麼？牠會有什麼舉動？別人對牠的舉動有什麼反應？

我應用一個愛狗的小孩跟這隻母狗心靈的結合，寫出了這篇揪心的母愛故事。寫完這篇小說後，我把它送去參加教育部舉辦的兒童小說徵文比賽，獲得前幾名的獎勵。現在把它收錄在這本「愛的故事」中，除了做紀念外，也讓小讀者能體會到動物的母愛。

〈為什麼還不回家〉是最近幾個月內寫的生活故事，寫父母關心孩子生命安危的事。假使孩子很晚還沒回家，父母會如何操心？父母有什麼舉動？為人子女的知道父母是如何的關心子女嗎？「天下父母心」，每個子女如果知道自己是父母牽腸掛肚、關心的人，應該都會注意自己的安危，也就不會走夜路、飆車。

好的童話或故事，是屬於「美」的範疇，也就是人物刻畫的美，感情抒發的美，語言、結構的美；不一定要寫得符合「真、善」的條件。但是寫給兒童看的故事，考慮兒童的接受能力，卻不可以寫跟「真、善」相反的「偽、惡」的內容。如果有作者寫「邪惡得逞」、「作惡是一件快樂的事」等汙染兒童心靈的作品，那就不可取了。這是我寫作兒童文學作品常自我檢驗的重點。

大作家林海音老師說：「好的兒童文學作品，零歲到八十歲的人都愛看。」希望從事兒童文學創作的人，都能以此為目標，寫出老少咸宜的作品，滋潤大家的心靈。

　　非常感謝幼獅文化公司的總編輯劉淑華小姐及主編林泊瑜小姐的厚愛，本書才能早日跟讀者見面；也感謝好友曹俊彥老師的精美插圖，增進了本書的美。

【繪者的話】曹俊彥

不同的愛

這本書分別以，老鷹爸爸對小鷹獨立的期待，母狗對小狗去世的不捨，以及父母在焦慮中，以寬容的處理方式來激發孩子向善的自覺，三個故事，三種情境，說三種不同的愛。

我以三種不同的材質和表現技法，營造三個故事全然不同的視覺氛圍。

〈老鷹爸爸〉並沒特別指涉是什麼鷹，我就以自己對鷹的概念來畫它的造型，再以裝飾性的線與點，讓色彩產生「並置」的混合效果，如同高空光影的閃爍。

〈糖果〉裡，母狗所表現的母愛，溫暖柔和中有著深層的執著。我以線條

1941年生於台北大稻埕。台北師範藝術科畢業。曾任小學美術教師、廣告公司美術設計、教育廳兒童讀物編輯小組美術編輯、信誼基金出版社總編輯、童馨園出版社與何嘉仁文教出版社顧問、小學課本編輯委員、信誼幼兒文學獎等評審，以及《親親自然》雜誌企畫編輯顧問。插畫、漫畫及圖畫書作品散見各報章雜誌，近期著力於圖畫書之推廣，特別關心國人作品之推介。

的勾勒加上粉彩如棉花，雲霧般的效果，希望能畫出和故事情節相同的調子。

〈為什麼還不回家〉的重點在「夜已深沉，家人會擔心」，故事場景中一定會出現昏暗的光影。我用雜亂的線條描繪昏暗的光影，同時也描述父母著急慌亂的心境。

但願這些圖畫，真的能加深讀者對故事的印象和感動。

【目錄】

老鷹爸爸

老鷹爸爸的困擾

在許多山頭之間，有一座陡峭的懸崖；懸崖的中央有個小凹洞，凹洞裡有個老鷹的巢。

老鷹的巢，造得很特殊。巢下鋪了一層層有刺的荊棘，荊棘上堆了一堆尖尖的小石頭，小石頭上面蓋了厚厚的乾草、羽毛和獸皮。

這個巢是老鷹爸爸去年有了小兒子後，花很多心思打造的，因此住起來很舒適。

老鷹爸爸已經快四十歲了。他常誇耀的尖銳鳥喙彎得快碰到胸膛；銳利的爪子也彎曲得常抓不住獵物；烏黑光潤的羽毛，變成乾巴巴的枯褐色。

他覺得自己應該退休在家，讓小鷹供養才對，但是一想到小鷹，他只好又振起翅膀，離開溫暖的窩，飛向天空去找食物。

老鷹爸爸和老鷹媽媽養過一些孩子，那些孩子也都很懂事，一到翅膀硬了，便告別爸爸、媽媽，自己出去覓食、築巢和結婚。只有目前待在家的這隻小鷹，鳥喙長好了，爪子銳利了，翅膀硬了，卻整天賴在巢裡不肯出去。近一個月來，都是老鷹爸爸出外找食物。

老鷹爸爸飛在高空，睜大那雙銳利的眼睛看著腳下的森林和遠處的大地，沒發現野鼠、蜥蜴、兔子或小鳥等食物。老鷹爸爸嘆了口氣，好像要說：「離家近的這些小動物大概都被我抓光了，今天可能要飛遠一點才能找到食物。」老鷹爸爸嘆完氣，就向好幾個山頭外的森林飛去。

找哇找，老鷹爸爸聽到了森林下的竹雞叫著「雞狗乖，雞狗乖」的聲音，野斑鳩也呼朋引伴的叫著「古姑古——姑」。

他看到森林樹梢停了幾隻小鳥，便張開爪子對準目標飛去。但是，可能翅膀太沉重飛不快，快撲到樹梢時，小鳥已經躲入樹林裡。

目標消失了，老鷹爸爸只好轉個彎飛向天空，免得撞入樹林裡，弄傷翅膀。

「唉，可能老了吧？最近幾次打獵，眼看要得手了，卻都失敗！」老鷹爸爸想到這兒，又嘆了一口氣。

在天空上盤旋的老鷹爸爸，又張大銳利的眼睛看著大地。尋哪尋，看到茶樹下有隻小動物在動。「可能是兔子吧？」老鷹爸爸對準那隻小動物俯衝下去，並伸出利爪向牠一抓，卻失誤了。老鷹爸爸的爪子碰到兔子後，爪子太彎，沒法子抓牢兔子，讓兔子逃開了。

老鷹爸爸又嘆了一口氣，似乎說：「我真的老了，連爪子都老得彎彎曲曲，沒法了抓牢獵物。」

老鷹爸爸又飛到天空，努力的看地面有什麼小動物。終於又發現了一隻小動物，那是偷吃農夫地瓜的田鼠。老鷹爸爸一聲不響的疾飛而下，他不敢再用爪子抓，而是應用有力的翅膀拍向田鼠。

「啪！」老鷹爸爸把田鼠打昏了，終於抓到田鼠，但是老鷹爸爸的翅膀也因為用力拍打田鼠和碰到地面，疼得差一點飛不起來。

宅男小鷹

老鷹爸爸帶著食物回到巢裡，小鷹看到後趕忙伸出銳利的兩隻爪子壓住田鼠，並用尖銳的鳥喙一口接一口的猛啄著田鼠。沒多久，田鼠都落入小鷹的肚子裡去了。吃過東西的小鷹，將鳥喙放在巢裡的乾草上左右來回的擦了幾次，又盯著老鷹爸爸的嘴和爪子，心裡好像在說：「爸爸，為什麼不多帶一些食物回來呢？」

這一天，老鷹爸爸沒吃，老鷹媽媽也沒得吃。

鳥巢容不下三隻大鳥，老鷹爸爸和媽媽只好分開靠著巢邊，半蹲半站的瞇著眼睛睡覺。

老鷹爸爸睡不著覺，睜開眼睛看著長得跟自己一樣大的小鷹，覺得不應該再讓小鷹住在巢裡了。

「我要怎麼做才好呢？」老鷹爸爸想起前幾次教育小鷹獨立生活卻失敗的往事：

上個月，老鷹爸爸要指導小鷹學飛。

他示範了好幾次如何蹬腳往上跳，並緊拍翅膀飛的動作給小鷹看，要小鷹照樣做，小鷹卻緊抓著鳥巢不肯蹬、不肯跳。老鷹爸爸只好抓起小鷹飛向巢外，打算拋落山谷，讓他自己振翅飛翔。

老鷹媽媽好緊張，擔心小鷹不會飛而掉落山谷，因此緊緊的飛在小鷹底下保護。

老鷹爸爸的爪子一鬆開，小鷹落下後，馬上本能的飛了起來；但是他飛了幾下，又飛回窩裡去，不肯自己飛出去找食物。老鷹爸爸現在的爪子彎了，使不上力來抓小鷹，這一招強迫小鷹飛翔的法子，也用不上了。

小鷹最愛纏著老鷹媽媽。眼睛一睜開，沒看見媽媽就哭個不停。有一次，老鷹爸爸約老鷹媽媽一起去覓食，他們剛飛離鳥巢，小鷹就放聲大哭。

老鷹媽媽聽到小鷹一聲一聲的啼哭，心就像被獵人一枝一枝的箭射到一樣，猛烈的抽痛，於是就屈服的飛回巢裡安撫小鷹。

小鷹的「哭聲」攻勢，到目前還不停的使用。

上個星期，老鷹爸爸和媽媽想出了一個辦法，就是不再供給食物給小鷹，讓他因肚子餓而自己去找東西。

餓了三天，小鷹瘦了，眼睛也沒神了，卻仍然不肯飛出去覓食。老鷹媽媽捨不得，就再三催促老鷹爸爸去找食物給小鷹。

老鷹爸爸的法子

老鷹爸爸想了一整個晚上，終於想到了一個釜底抽薪的辦法。

天亮了，太陽從東邊的山頭露出臉來。老鷹爸爸叫醒小鷹，要他跟著爸爸和媽媽一起去找食物。小鷹卻還是跟往常一樣，窩在窩裡動也不動。

老鷹爸爸開始按照計畫進行。他攪動鳥巢，不讓小鷹安心躺著；接著開始拆鳥巢，一口一口的叼起巢裡的獸皮、羽毛、乾草，丟進山谷裡。不多時，鳥巢裡只剩下尖尖的石頭和帶刺的荊棘。

鳥巢被拆得差不多了，窩在窩裡的小鷹，只好站在尖尖的小石頭上。他一移動腳，尖尖的石頭刺得使他趕忙墊起腳跟；站久了好痠，一蹲下去，又被荊棘刺得哇哇大叫。

老鷹爸爸用鳥喙敲打小鷹，希望小鷹因為疼痛，離開破敗的鳥巢而獨立。但是，小鷹始終沒打算飛走的樣子。

老鷹爸爸就帶著老鷹媽媽飛離破敗的鳥巢。他們飛落到對面山頭的大松樹上，躲在松樹裡，暗中看著站在老窩裡的小鷹。小鷹東張西望，一定是又在等著爸媽回去。老鷹爸爸看了好一陣子，終於狠下心，帶著老鷹媽媽飛到另外的山頭去找食物；一直到天黑了，老鷹爸爸和媽媽才飛回松樹上，暗中又看著小鷹。

第二天一早，小鷹沒看到爸爸媽媽回來，大概受不了飢餓，只好自己飛出去找食物。老鷹爸爸和媽媽暗中跟在後面，只見小鷹飛到森林裡，沒多久就應用銳利的鳥喙和爪子，抓到一條草花蛇，然後叼著草花蛇，飛到一棵大樹上享受。吃過草花蛇後的小鷹，拍拍翅膀又飛到另個山頭去，大概又要找吃的東西去了。中午過後，吃得飽飽的小鷹，找到一棵大樹的三叉處當作鳥巢的基地，接著來來回回的叼著樹枝和乾草，開始建立自己的鳥窩。

老鷹爸爸看到小鷹的這些舉動，滿意的露出了笑容，然後帶著老鷹媽媽遠離小鷹的家，飛到另一個懸崖峭壁去布置新屋。

老鷹爸爸的另一個煩惱

老鷹爸爸輔導完小鷹後，他發覺自己的問題愈來愈嚴重了。鳥喙已經彎得沒辦法啄住獵物，爪子也彎得抓不住東西，翅膀的羽毛長得又濃又密，沉重得飛不起來。老鷹蹲在新的鳥巢裡想，自己大概要面臨生命的終點了吧？

老鷹爸爸想起老鷹媽媽比他小三歲，雖然年紀也已經大了，但是鳥喙沒有像他那麼彎，爪子也還沒有抓不住東西，翅膀也還沒有重得飛不起。這些天，老鷹爸爸都靠太太出去找食物才有得吃。

「難道我就這樣要靠太太過活了嗎？」老鷹爸爸想到這兒，又想到：「太太終有一天也會像我一樣漸漸老的沒辦法找食物。如果我走了，那她怎麼辦？孩子會懂得來照顧媽媽嗎？」他不敢往下想。老鷹爸爸嘆了口氣，閉上了眼睛，頭垂得很低很低。

「叫孩子們回來照顧媽媽。」老鷹爸爸忽然睜大眼睛，想到這個辦法。但是他想了想，好像不可行。老鷹媽媽生了好多個孩子，除了剛獨立出去生活的小鷹外，他們都有自己的家庭，都要照顧自己的孩子。要他們放下家庭來照顧媽媽，太太似乎也不會答應。

「聽說兩隻腳走路的人類，到了晚年如果遇到生活有問題，可以到養老院去住，在那兒可以受到很好的照顧。但是除了人類外，其他動物好像沒有聽過這樣的組織和安排。」

老鷹爸爸為自己的不能覓食煩惱，也擔心太太將來會跟自己一樣而苦惱。

老鷹爸爸的決心

老鷹爸爸覺得自己四十歲了，雖然鳥喙老化，彎得不能啄住食物，爪子也不能抓緊東西，但是體力還很好，頭腦也很清楚，實在不甘心就這樣依賴著他人過活。

「我一定要想辦法改變這個現象。」

老鷹爸爸想到一個辦法。他把彎曲的鳥喙，對著大岩石來回的磨，希望把彎曲的部分磨直。

「喳喳喳喳」，老鷹爸爸每磨一下，就傳來一陣酸麻。他咬著牙忍受著，但是鳥喙太硬了，磨了半天，感覺還是彎彎的，沒什麼改變。

老鷹媽媽在老鷹爸爸旁邊一邊盯著，一邊搖著頭。好像要告訴老鷹爸爸，「你不必那樣做嘛，我會照顧你一生的。」

老鷹爸爸看了看太太一眼，並沒有放棄改造的想法。

「再想其他辦法吧。」老鷹爸爸停下來，閉起眼睛專心的想。想了好久，想到一個徹底改造的辦法。

老鷹爸爸停在大岩石上，然後舉起鳥喙用力的敲打岩石。

「嘟嘟嘟嘟」，老鷹爸爸的鳥喙重重的敲在大岩石上，震得整個頭都要爆炸，痛得眼淚也噴了出來。

「停停！」老鷹爸爸的腦裡一直想要發出這個命令，但是他還是不停的舉起鳥喙敲打岩石。

「崩！」老鷹彎曲的鳥喙部位斷了，血絲從斷截的地方流了下來。

老鷹媽媽趕忙飛了出去，一會兒，咬來了可以止血的草藥，為老鷹爸爸止血。

重生

斷了一截的鳥喙，粗粗的，沒辦法啄東西，老鷹爸爸忍著痛苦，又在岩石上磨，終於磨出了尖尖的新喙。

新的鳥喙彎曲適當、堅強有力，老鷹爸爸感到很滿意。

老鷹爸爸雖然滿意新的鳥喙，但是看到自己那沒辦法抓拿動物的彎曲爪子，又想要改造。

老鷹爸爸改磨爪子上的指甲。磨啊磨，指甲雖硬，長久的磨礪，把彎曲的指甲磨掉了。老鷹爸爸的爪子又可以有力的抓住東西了。

至於部分羽毛枯乾的，老鷹爸爸將它拔掉，使翅膀輕了起來，飛翔也就輕鬆了。

改造後的老鷹爸爸，像個年輕的小鷹，飛翔快速，打獵順心。他常常帶著太太遨翔在萬里晴空上，也快樂的到處覓食和看看孩子。

糖果

我們有了糖果

這件事全都是因為我和我哥哥兩個人而發生的。

那時候，我和哥哥都在國小讀書。我一年級，哥哥三年級。我們都有相同的嗜好：喜歡吃糖果，喜歡到外婆家抱狗。

有一天，外婆家的狗生了一群小狗。我跟哥哥向爸爸要求抱一隻回來養。爸爸說：「如果你們答應我不吃糖，我就准你們抱一隻回來養。」

我跟哥哥幾乎每天都要向爸爸要錢買糖果。由於愛吃糖，哥哥有兩顆牙齒蛀了，我也有一顆牙齒蛀了。雖然牙齒蛀了，但是我們還是愛吃糖。每次向爸爸要錢買糖果，爸爸不給，我就使用「哭」的絕招，哭個不停，使得爸爸不得不給我們錢。現在爸爸提出可以讓我們養狗，但是不可以吃糖的條件，我跟哥哥對看了好一會兒，終於都點點頭，決定養狗，但是不吃糖果。

就這樣，我們從外婆家抱回來一隻胖胖的小白狗。因為這是我和哥哥犧牲了糖果換來的，所以送牠一個「糖果」的名子，表示我們把牠看得像糖果一樣重要；此外，這樣也可以提醒我們，我們已經有了「糖果」，不能再向爸爸、媽媽要錢買糖果吃了。

可愛的糖果

糖果剛來的那幾天，老想往外跑，而且不停的哭叫。媽媽同情牠住不慣，要我們把牠送回外婆家，但是我和哥哥都不肯。因為糖果太可愛了，牠不但走起路來一跩一跩的很好看，而且全身有像雪的白毛，好美好美。另外，牠的全身很柔軟，抱起來好舒服，因此我們都不聽媽媽的建議。

幾天過後，糖果乖了下來。聽舅舅說，要訓練狗，最好從小就開始。

我們首先是訓練牠在固定的地方大小便。開始的幾天，牠還常常忘記應該在什麼地方方便。有一次，糖果在客廳的椅子上撒尿，媽媽很生氣，把牠按在椅子上，要牠聞一聞牠的尿，接著用細竹子抽了牠幾下。糖果好像知道在椅子上撒尿是不對的，從此，再也沒有在客廳裡隨便撒尿了。

接著我們訓練牠做各種動作。我和哥哥輪流教牠握手。牠不但伸出右前腳跟我們握手，更妙的是不停的跟我們點頭。牠是一隻有禮貌的狗，所以每天放學後，我班上的同學，總有許多位會繞到我家來跟糖果握手。

除了跟糖果玩，我和哥哥也喜歡打球。我們在屋後的草地上打，糖果常常跟著。哥哥的臂力比我大得多。他扔給我一個很強的高飛球，我沒接住，皮球滾到草叢裡去了。我們找了好一會兒還找不到，正在著急的時候，糖果卻鑽進草叢去，不一會兒就銜著皮球跳出來。於是牠又學會了檢球。

糖果晉級了

糖果長得很快，不到兩年，牠就跟外婆家的母狗一樣大。有一天，我們要去打球，但是糖果不跟我們去。

哥哥叫著說：「唷！弟弟你看，糖果的肚子又大又圓，一定是吃壞了肚子。」

我跑去告訴媽媽。媽媽笑著說：「傻孩子，糖果要當媽媽了。」

我和哥哥請爸爸為牠蓋一座大房子。房子蓋好，爸爸說：「糖果生十隻小狗也住得下。」那年的冬天，糖果只生了三隻小狗。

三隻小狗都很可愛。老大的身上披著黃毛，遠遠看去，像是爸爸在過年的時候放在客廳裡的塑膠元寶，所以哥哥給牠起個名子叫「元寶」。

老二全身雪白，像月曆圖上的雪人，我叫牠「雪球」。老三的毛很奇怪，白的、黑的、黃的相雜一起，我跟哥哥都說牠一定愛漂亮，才有那麼多顏色，就喊牠「花姑娘」。

糖果第一次當媽媽，好得意呀！一會兒親著元寶，一會兒摟著雪球，接著又跟花姑娘玩兒翻滾遊戲。我和哥哥也加入牠們的陣容。我抱著雪球，哥哥抱著元寶，大家一起滾。媽媽看見了就笑著說，糖果是大糖，哥哥是二糖，我是三糖。

糖果發瘋了

有一天晚上，天氣特別冷，西北風在屋外呼呼的叫，玻璃窗受不了寒風的吹打，格格的抖著。我們一家人都在客廳裡，爸爸看報紙，媽媽摺衣服，我和哥哥做功課。這時候，我們聽到糖果上氣不接下氣的怪聲；客廳的門也跟著「嘎嘎」的響起來，好像鬼的手爪在用力的抓門。

我最喜歡聽鬼故事，隔壁的張叔叔常常講鬼故事給我聽。什麼大頭鬼、竹竿鬼、長舌鬼……好多好多的鬼，我都知道。所以一到天黑，我自己一個人就不敢走出大門，我怕大門外躲著大頭鬼，躲著竹竿鬼、長舌鬼。現在天又那麼黑，風又那麼大，如果不是有鬼，為什麼糖果會嚇得上氣不接下氣的叫呢？想到這兒，我趕緊躲到媽媽的懷裡。

爸爸大概沒有聽過鬼故事，所以才敢去開門。

「呀」的一聲，門開了，我看到一個白鬼飛快的跳進來。

「媽！鬼來了！」我驚叫了一聲，趕緊抱住媽媽。

「你這孩子又在胡說八道，世上哪兒有鬼！你看，是你的糖果跳進來

了！」媽媽說完，我睜開眼睛一看，果然是糖果。

糖果慌慌張張的跳進來，衝到哥哥身邊，一口咬住哥哥的褲腳，就使勁的往外拉。

「媽媽，糖果發瘋了！牠咬住我的褲腳不放！」哥哥叫了起來。

媽媽打了糖果一下，糖果鬆了口，卻跳過來咬我的褲腳。

爸爸走過來把糖果趕出了門，要牠回狗屋，但是糖果不肯離去，仍舊不停的用爪抓門想進來。

「奇怪！糖果今晚發瘋了，一直想進屋子裡來。」爸爸對媽媽說。

媽媽對爸爸說：「牠從來沒有這樣過，你去看看，會不會是小狗出事了？」

爸爸開了門，打開院子裡的燈，走出客廳。我不敢一個人留在客廳裡，也緊跟著媽媽和哥哥走出客廳。

糖果看到我們開門走出去，好像盼到了救兵一樣，飛快的在前帶路，向狗屋跑去。

我們到了狗屋那兒，看到元寶和雪球站在狗屋旁邊，花姑娘臥在狗屋裡面，牠的肚子好脹好脹，像灌滿了氣的氣球一樣。

爸爸雙手抱起花姑娘，驚叫著說：「啊！小狗的身體好冰啊！是不是死了？」

媽媽把手按在花姑娘的胸部，過了好一會兒才說：「心臟不跳了，可憐，小狗早死了。」

我聽到花姑娘死了，很難過。糖果不曉得什麼叫作死，還用身體摩擦著爸爸，好像要爸爸趕快喚醒花姑娘。

花姑娘不見了

爸爸把花姑娘放在院子裡的畚箕裡，上面加蓋了一束稻草。

「爸爸，您為什麼要把花姑娘放在畚箕裡？」我問著。

爸爸說：「花姑娘可能是得了傳染病死的，我要把牠隔離，免得把病傳染給另外的兩隻小狗。」

我沒有問什麼叫隔離，什麼叫傳染病。風太大了，我趕快走進客廳。

糖果還在院子裡不停的叫著。牠一定對我們很失望。也難怪，我們那麼多人，竟叫不醒花姑娘。

媽媽對我們說：「動物也有人性。你們看，糖果失去了孩子，一直傷心的哭。」

我不知道什麼叫作人性，我知道糖果很傷心就是了。

天氣好冷，我的手和腳都凍得要命。而且，說實在的，我們也不忍心聽糖果的悲叫聲，所以就提早上床。不知道過了多久，糖果的悲叫聲才停了下來。

第二天一早，我打開客廳的門走到院子裡。

奇怪，畚箕空空的放在那兒，花姑娘不見了，稻草散落在畚箕的四周。我走到狗屋去，看到糖果高高的趴在狗屋裡，元寶和雪球擠在糖果身邊，仍舊沒見到花姑娘。

「媽，爸爸把花姑娘藏起來了，是不是？」我問正在廚房忙的媽媽。

「沒有哇，你爸爸還在睡覺，沒起床呢！」

「那麼，畚箕裡的花姑娘怎麼不見了？」

媽媽聽了我的話，就到院子裡來。我跟媽媽找遍了院子的角落，再仔細的看了狗屋，就是沒有找到花姑娘。

「媽，糖果會不會把牠叼走了？」

「院子裡的大門沒開，糖果要把牠叼到哪兒去呢？」媽媽停了一下，突然說：「喔，糖果今天臥的姿勢好奇怪，比以前高好多，我們去看看。」

我跟媽媽又到狗屋前，媽媽蹲下去拉糖果。糖果很倔強，趴在那兒不起身；但是我們看到了牠的祕密——糖果的懷裡竟藏著花姑娘！

媽媽愣住了。她蹲在狗屋前面，兩隻眼睛一眨也不眨的注視著糖果。

一會兒，兩串淚珠從眼眶裡滾了下來。

「爸爸，快來呀！媽哭了。」我看到媽媽流眼淚，嚇了一跳，趕緊喊著要爸爸來。

爸爸穿著睡衣跳出來。他看到媽媽蹲在狗屋前面，吃了一驚，說：「怎麼了？糖果又出事了？」

媽媽伸手指著糖果沒說話。

「糖果不是好好的臥在哪兒嗎？」爸爸莫名其妙的問。

「你拉開糖果看看！」媽媽終於說話了。

爸爸拉起了糖果以後，像觸電似的也蹲在狗屋前。過了很久，才嘆了一口氣說：「想不到動物也有偉大的母愛特性！糖果一定是覺得小狗的身體冷冰冰，跟以前不同，於是抱著牠，想用自己的體溫使牠暖活起來！」

糖果出走

爸爸從糖果的懷裡搶出了花姑娘。吃過早飯以後，爸爸要我拿鋤頭跟他出去。糖果看到我們帶著花姑娘，也要跟著走出大門。媽媽看了，就把糖果關在狗屋裡。

「爸爸，小明家的狗死了以後，他們把牠丟到河裡。我們是不是也要把花姑娘丟到河裡去？」送走花姑娘的路上，我問著爸爸。

「按照本省的風俗習慣，死狗是丟在河裡，讓水流走，但是這種處理法不衛生。最好的處理法是火化，把牠燒了，不過我們這兒沒有火化場，只好把牠埋在墳墓山去了。」

我和爸爸把花姑娘送到公共墳場，在那兒找了一塊地，挖了一個很深的坑，埋了牠。

我們回到家，媽正在餵狗。元寶和雪球爭著啃骨頭，糖果在一旁無精打采的看著。

糖果大概聽到了我們的腳步聲，我們一踏進大門，牠就轉過頭來，睜著一對大大的眼睛，隨著我們轉來轉去。

「汪汪！汪汪！」糖果叫了起來。糖果可能沒看到花姑娘回來，所以急得大聲叫，接著一轉身就衝出了院子的大門。

「糖果，回來！糖果，回來！」我怕糖果去墳墓山挖坑，跟在牠後面，大聲叫牠回來。但是，糖果這次不聽話了，一下子就不見牠的身影了。

當天，我們等到深夜，都沒見到糖果回來。

「媽，糖果怎麼不回來呢？」我和哥哥很著急，不停的問。

「放心，糖果一定會回來。牠不會忘記元寶和雪球的！」媽媽這樣安慰我們。

第三天，糖果果然回來了。牠一跛一跛的、蹣跚的走進來。潔白的身體沾滿了黃泥巴。頭低低的，兩片下垂的大耳朵，幾乎把臉都給蓋住了。

媽媽拿毛巾蘸著溫水，替牠擦拭。我發現糖果那個圓圓的肚子，凹了進去，胸部的肋骨一根一根的可以數出來。

糖果回來以後，媽媽買菜，會特意買些牛肉給牠吃。牛肉雖貴，媽媽並不痛惜。我們都希望牠好好吃幾頓，把身體補回來。這樣過了好幾天，糖果也靜了下來，牠又開始跟元寶和雪球玩著翻滾的遊戲。

糖果又出走

那一天晚上，屋外傾盆大雨，呼呼的北風聲中，夾雜著幾聲小狗的叫聲。

「汪汪！汪汪！」遠處近處，狗吠聲沒有停過。糖果也跟著吠起來。我們已經上床，沒有去看糖果為什麼叫。過了很久，狗叫聲愈來愈遠，聲音也愈來愈小了。

隔天清晨，我們發現糖果又不見了，竹籬笆做的圍牆牆角，呈現一個大空隙。

「糖果一定是從這個大空隙鑽出去的。」媽媽說。

「媽媽，難道糖果又去找花姑娘嗎？」我問著。

「絕對是。昨天晚上，風打雨大，又加上到處的小狗吠叫，糖果一定又想起花姑娘，於是不死心的又去找花姑娘了！」

我們想到糖果的舉動，眼睛都紅了。

爸爸要把被擠到兩邊兒的籬笆拉開，把空隙補好，我和哥哥不答應。要求爸爸別把籬笆洞塞住，好讓糖果在深夜的時候想到元寶和雪球，能鑽進來。

自從糖果出走以後，白天，我和哥哥放學回家，一踏進大門就高聲喊：「媽，糖果回來了沒有？」晚上，一聽到狗叫，我和哥哥就以為是糖果回來了，要媽媽帶我們到院子裡去看。可是我們等了好幾個月，糖果始終沒有回來。

就這樣，糖果失蹤了，我們好想念牠呀！直到現在，不管在哪兒，我只要看到狗，就忍不住要仔細瞧瞧，瞧瞧牠是不是我的「糖果」。

為什麼還不回家

牽掛

「噹噹噹……」，壁上的掛鐘敲了十聲，已經是晚上十點了，林爸爸望著大門，沒聽到兒子嘉祺開門或按電鈴的聲音。

「孩子的媽，兒子怎麼這麼晚還沒回來？是真的去參加晚自修嗎？」林爸爸開口了。

林媽媽望了望林爸爸說：「沒錯啊。這學期他們升上國二，導師幫他們向學校申請到一間教室，讓他們留在教室裡晚自修。他參加晚自修已經一個多月了，每次都是晚上九點半回到家。今天是不是有特殊原因，所以慢點回來？」

「妳要不要打電話問問他的老師或同學，晚自修是不是已經結束

了？」

林媽媽打給導師，讓導師知道這件事後，便打給常跟兒子在一起的健群。健群的媽媽接了電話說：「我兒子已經回來了，現在正在洗澡。等會兒他出來，我叫他給妳電話。」

林媽媽對林爸爸說：「晚自修已經結束了，兒子的同學——健群已經回到家了。」

「奇怪，這孩子怎麼還不回家？」林爸爸嘟噥著。

過了一會兒，兒子的同學健群打電話來了，他說他們一起走出校門後，就各自回家了。

「會去哪裡呢？」林爸爸問林媽媽。

「我來問問兒子的其他同學看看。」

林媽媽問了幾個兒子的同學，他們都回到家，也不知道嘉祺為什麼還沒回家。

時間一分一秒的過去，已經深夜十點半了，林爸爸、林媽媽仍沒看到兒子的身影。

「嘉祺常常一邊走一邊東看西看，會不會走路不小心，被車子撞了？」林媽媽對林爸爸說。

「你不要這麼緊張嘛！怎麼往這方面擔心呢？」

林爸爸安慰了林媽媽，但是，隔了沒多久，林爸爸卻打電話到附近醫院的急診室去。

「請問醫師，你們急診室有沒有接到一個國中男生的車禍傷患？」

問了幾家醫院，沒發現有送到醫院的受傷國中生。

　　林爸爸不安了，他想到更壞的結局，會不會被車撞死而被送到殯儀館去？要不要掛個電話去殯儀館問？這麼晚了，林爸爸怕打擾殯儀館的工作人員，只好作罷。

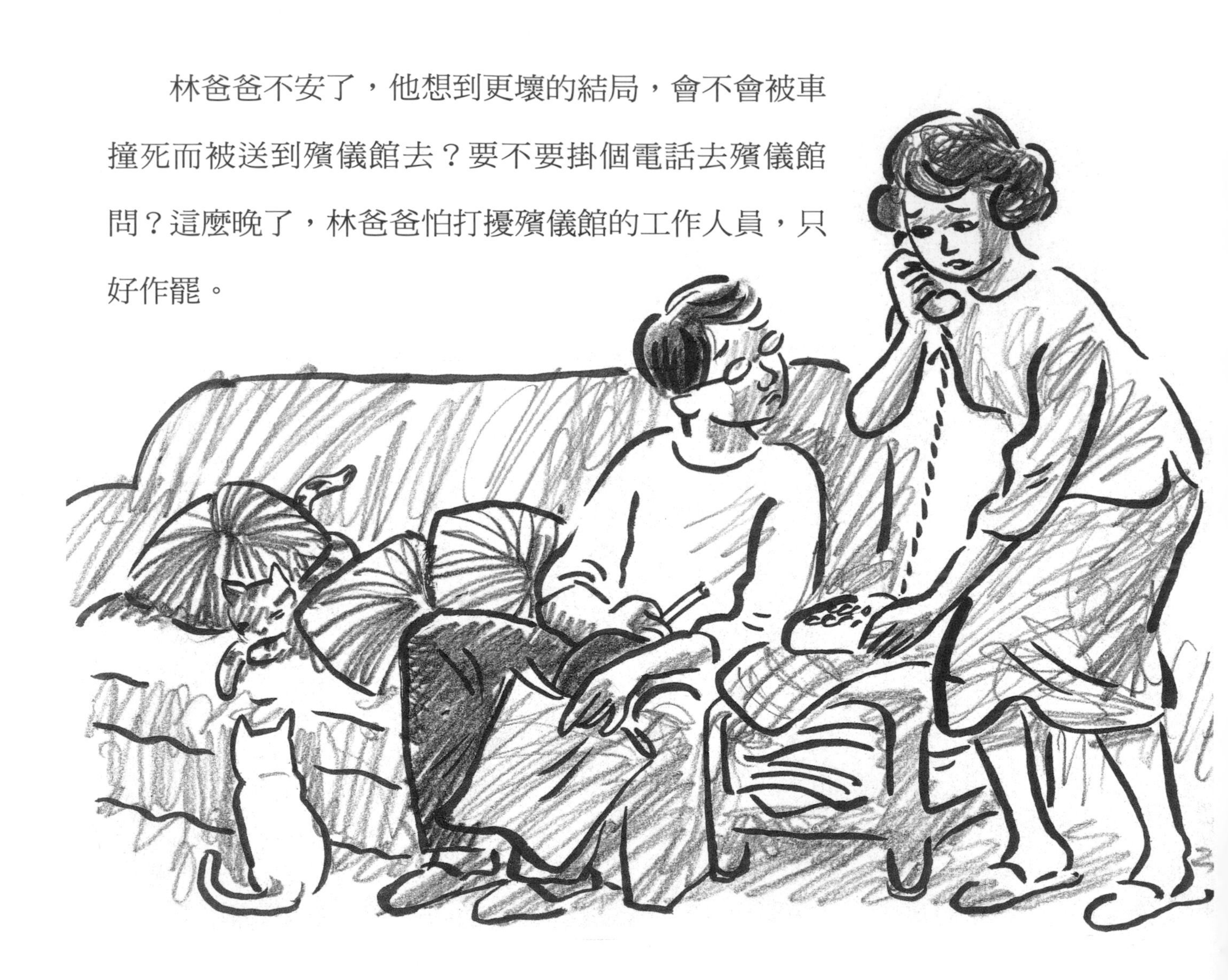

派出所

「我出去找找看，也許他在路上逛，或是一時不知道怎麼回家。」林爸爸對林媽媽說後，便打開門出去找。

夜已經更靜了，有幾家商店，鐵門已經拉下，不做生意了。林爸爸走在通往孩子就讀的學校路上，他睜大著眼睛，看看街道上、街道旁，有沒有穿著國中制服的學生，找來找去就是沒看到穿制服、背書包的孩子。

林爸爸一邊搜索，一邊想著：「兒子從來沒有這麼晚回家，會不會是真的出事了？」想到出事，林爸爸想起了一個故事：

有一個婦人早晨上街去，不小心被樓上掉下來的東西打到頭，結果失去了記憶，竟然不知道自己是誰，家裡住在哪裡。

這個婦女看看自己的包包和口袋，沒發現有證明自己身分的健保卡或身分證，也不知道自己住哪裡，於是看到行人就問：「你知道我是誰嗎？」「你知道我住在哪裡嗎？」

路上的行人都把她當作瘋子，因為她連自己都不知道是誰。後來遇到了警察巡邏，才把她帶到派出所去處理。

現在，路上沒看到兒子，如果兒子被什麼東西打到，會不會也被警察送到派出所去？想到這兒，林爸爸不自主的向附近的派出所快步走去。

由於走得急了，林爸爸到了派出所，額頭冒著汗，呼吸也急促著。他看了看派出所裡沒有自己的兒子，就把來意跟警察先生說明，並請問警察先生，別的派出所有沒有通告收容了一個迷路或失去記憶的國中生。

派出所的警察先生大概看到林爸爸著急的臉孔，就熱心的打了幾個電話，問問附近的派出所，有沒有發現這樣的一個國中生。

電話打了幾通，沒有想找的國中生，警察先生就安慰林爸爸說：「也許你的兒子已經回去了。你打個電話回家，看看兒子是不是回到家了。」

林爸爸利用派出所的電話機打回家問太太，得到的消息是兒子仍還沒有回家。

林爸爸看看派出所牆壁的掛鐘，已經是晚上十一點十分了，兒子反常沒回家，會不會是被綁票了？

綁票

林爸爸想起轟動社會的某個藝人的女兒被綁的事件。壞人剁了她女兒的一個手指，寄給藝人，要藝人趕快籌出好多錢來贖女兒。藝人籌得慢一些，結果壞人把她女兒殺了。

林爸爸想到這兒，緊張的對警察先生說：「警察先生，我兒子萬一是被綁票了怎麼辦？」

「綁票？」警察聽到這個詞彙，眼睛忽然瞪大了，全身也直了起來。他驚異的問：「林先生，這幾天來，你接過什麼奇怪的電話，或者你有賣土地、賣樓房得了好多錢，或者做生意發了財，讓壞人知道的事嗎？」

林爸爸想了想，回答說：「倒沒接過奇怪的電話，我家也沒有什麼賣

土地、賣樓房或做生意發了財的錢。」

警察先生鬆了一口氣說：「看來好像沒有綁票的跡象。林先生你是不是先回去等消息。如果接到什麼奇怪電話，再跟我們聯絡。」

林爸爸離開了派出所，到附近的路上看了看，還是沒發現到兒子，只好回家去等兒子，或等壞人勒索的電話了。

回到家，林媽媽開了門，第一句話就說：「怎麼辦？已經十一點四十分了，兒子還沒有回來。」

林爸爸安慰她說：「醫院、派出所都沒有消息，我們再等等看，也許很快就回來。」

林爸爸問林媽媽說：「剛才有沒有接到奇怪的電話？例如說，你的孩子在這裡，或著請你準備多少萬元的事？」

林媽媽嚇了一跳說：「剛才嘉祺的導師打來一通問起嘉祺回來了沒有的電話外，就只有你打來的電話，沒有其他的電話了。」

林爸爸說：「我們要注意，如果接到奇怪的電話，就要小心應付，並暗中通知派出所。」

林媽媽被孩子的爸這麼一說，感覺事態非常嚴重，於是盯著電話機。

鈴聲響

這個時候，一分一秒對林爸爸和林媽媽都是很難挨的。兩個人一會兒看看電話機，一會兒看看大門。兩個人出奇的靜，使得時鐘滴答滴答的聲音，變得愈來愈大聲。

「噹噹噹噹……」壁上的掛鐘敲了十二響。已經是深夜十二點了，沒有兒子的消息。林爸爸、林媽媽等得快發瘋了，不約而同的站起來走向大門去，看看兒子會不會突然出現。

「叮咚！叮咚！」電鈴居然響了，林爸爸趕忙打開大門，林媽媽也擠了過去。

門一打開，兒子出現了。兒子的臉好像嚇得比平常小了好多。林爸爸看到兒子平安的出現，衝過去抱著兒子說：「兒子，你沒什麼事吧？你沒什麼事吧？」

林媽媽看到兒子後，終於喘了一口大氣，叫他：「快進來，快進來。」

她細細的看了孩子全身後輕聲的問道：「你遇到了什麼事嗎？怎麼這麼晚才回來？」

本來以為父母親會賞個大巴掌的嘉祺，看到爸媽的關懷、寬恕的舉動，好像被感動了，囁囁嚅嚅、不好意思的說：「我的手表停了，我不知道已經那麼晚了。」

「那你晚自修以後的這段時間去哪裡？」林媽媽又問。

「晚自修完後，我走進街上的一家電動玩具店，看別人玩電動玩具。

每次我看手表，都是九點多，以為時間還早，沒想到是深夜了。」嘉祺低著頭說。

「你晚回來，你知道你爸爸如何急嗎？他除了打電話問你的老師和同學外，怕你在路上發生車禍，還一直打電話問問附近醫院的急診室有沒有你的消息，甚至還想打電話到殯儀館，看看有沒有車禍死亡的人；沒有你的消息後，你爸爸到街上去找你；找不到你，又到派出所去了解有沒有迷路或失去記憶回不到家的孩子；最後，擔心你是被綁票了，就守著電話機，要應付綁匪。」

「回來就好，回來就好。」林爸爸出面打圓場。

爸爸忙著打電話給導師、警察和健羣的媽媽，告訴他們兒子已經回來了，請他們也放心。

「你要知道，全家的人都關心你的安危，以後千萬不要再發生這樣的事了。」林媽媽苦口婆心的叮嚀著。

嘉祺體會到家人對他的關心，就暗暗的下定決心：從此不再做出讓家人擔心的事。

國家圖書館出版品預行編目資料

老鷹爸爸／陳正治著；曹俊彥圖 . -- 初版.
-- 台北市： 幼獅, 2011.10
面；　公分. --（新High兒童.故事館；7）

ISBN 978-957-574-848-7（平裝）

859.6　　100019280

・新High兒童・故事館・7・

老鷹爸爸

作　　者＝陳正治
繪　　者＝曹俊彥
出 版 者＝幼獅文化事業股份有限公司
發 行 人＝李鍾桂
總 經 理＝廖翰聲
總 編 輯＝劉淑華
主　　編＝林泊瑜
責任編輯＝周雅娣
美術編輯＝李祥銘
總 公 司＝10045台北市重慶南路1段66-1號3樓
電　　話＝(02)2311-2832
傳　　真＝(02)2311-5368
郵政劃撥＝00033368

門市
●松江展示中心：（10422）台北市松江路219號
電話：(02)2502-5858轉734　傳真：(02)2503-6601
●苗栗育達店：（36143）苗栗縣造橋鄉談文村學府路168號（育達商業科技大學內）
電話：(037)652-191　傳真：(037)652-251

印　刷＝祥新印刷股份有限公司
定　價＝250元
港　幣＝83元
初　版＝2011.10
書　號＝986242

幼獅樂讀網
http://www.youth.com.tw
e-mail:customer@youth.com.tw

行政院新聞局核准登記證局版台業字第0143號

幼獅文化公司／讀者服務卡／

感謝您購買幼獅公司出版的好書！

為提升服務品質與出版更優質的圖書，敬請撥冗填寫後（免貼郵票）擲寄本公司，或傳真（傳真電話02-23115368），我們將參考您的意見、分享您的觀點，出版更多的好書。並不定期提供您相關書訊、活動、特惠專案等。謝謝！

基本資料

姓名：……………………先生／小姐

婚姻狀況：□已婚 □未婚　職業：□學生 □公教 □上班族 □家管 □其他

出生：民國……………年……………月……………日

電話：（公）……………（宅）……………（手機）……………

e-mail：……………………

聯絡地址：……………………

1.您所購買的書名：**老鷹爸爸**

2.您通常以何種方式購書?：□1.書店買書 □2.網路購書 □3.傳真訂購 □4.郵局劃撥
（可複選）□5.幼獅門市 □6.團體訂購 □7.其他

3.您是否曾買過幼獅其他出版品：□是，□1.圖書 □2.幼獅文藝 □3.幼獅少年
□否

4.您從何處得知本書訊息：□1.師長介紹 □2.朋友介紹 □3.幼獅少年雜誌
（可複選）□4.幼獅文藝雜誌 □5.報章雜誌書評介紹……………報
□6.DM傳單、海報 □7.書店 □8.廣播(　　　　　)
□9.電子報、edm □10.其他……………

5.您喜歡本書的原因：□1.作者 □2.書名 □3.內容 □4.封面設計 □5.其他

6.您不喜歡本書的原因：□1.作者 □2.書名 □3.內容 □4.封面設計 □5.其他

7.您希望得知的出版訊息：□1.青少年讀物 □2.兒童讀物 □3.親子叢書
□4.教師充電系列 □5.其他

8.您覺得本書的價格：□1.偏高 □2.合理 □3.偏低

9.讀完本書後您覺得：□1.很有收穫 □2.有收穫 □3.收穫不多 □4.沒收穫

10.敬請推薦親友，共同加入我們的閱讀計畫，我們將適時寄送相關書訊，以豐富書香與心靈的空間：

(1)姓名……………e-mail……………電話……………

(2)姓名……………e-mail……………電話……………

(3)姓名……………e-mail……………電話……………

11.您對本書或本公司的建議：

10045　台北市重慶南路一段66-1號3樓

幼獅文化事業股份有限公司　收

請沿虛線對折寄回

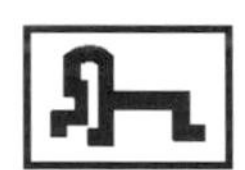

客服專線：02-23112832分機208　　傳真：02-23115368

e-mail：customer@youth.com.tw

幼獅樂讀網http：//www.youth.com.tw